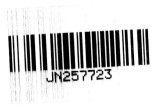

白い太陽

津坂治男 詩集
井上良子 絵

JUNIOR POEM SERIES

もくじ

頼《たの》みます！

神さんは、いつでも　どこでも見てなさるでな
子供のとき、母さんによく聞かされた
その母さん、死んで何十年にもなるけど
まだ顔も見え、声も聞こえてくる
考えたら、戦後いっつも工夫《くふう》して
ぼくら四人兄弟をなんとか食べさせてくれた
ほんとに神さんみたいなひとやった
けど、今でも昔のままの顔や声って何でやろ
よう考えたら
二十年ごとに生まれかわってられるんや
子供らが生きてるかぎり、な

ようお参りしたお伊勢《いせ》さんやて
二十年ごとにお住まいもかわって
それどころやない
そのたんびに若《わこ》うなられて
みんなを見守っていなさるんやろ
まあ　みんなの母さんのかわりや！
この詩が書けたのも
去年のご遷宮《せんぐう》のおかげかな
恐いいくさの神やない
やさしい陽《ひ》の神さま、そして食べ物の神さま、
もうちょっと
年寄りのぼくも頼みます！

ご遷宮《せんぐう》

天地根源《こんげん》造りという　むずかしいけど
柱が地面から　真《ま》っ直《す》ぐ立っているんだ
木の皮ぶきの屋根も　杉《すぎ》の木の枝と
杉の梢《こずえ》は　青いお空と手をつなぎそう

遠いお山から　エンヤーエンヤー
ここまで旅して来た清いヒノキの木が
秋には森の奥にどしんと建って
神さまの新しいお住まいとなる

神さまは　人と歩む自然

大昔から続くいのち
親の中のみ親
ずっと伸《の》びる未来

いつかはそれを神輿《みこし》に担《かつ》いで
世界を言う通りにさせようとした
荒《すさ》ぶる不幸な日々が続いて
近くの街もいっぱい燃えてしまって……

始まったお伊勢《いせ》さん二十年目のご遷宮
手を合わせて　何度もお参りしたぼくも
赤ちゃんのように抱《だ》き直してくださる
やさしい神さまのおうちが生き返る

オーオー　オーオー

太陽は何色？

元日、
鳥居《とりい》の間から出て来た陽《ひ》は
白っぽい雲をとかして薄赤かったが……

星でいえば、
大きくなったベテルギウスは
赤々《あかあか》と夜空に光っているけど
まだ若いリゲルは
青白いするどい光で地球に呼びかけている
太陽もすごく高熱だから　目では見られなくて
赤とかオレンジとか白とか言われているけど
四月ひと月で若葉がもり上がったところを見ると
太陽には草木を緑にする力もあるんだ

ところで　ばあちゃんはきのう

イチゴとタマネギを採り入れてきた
イチゴははじめ白から草色、最後に赤と熟してきて
まるで母さんの愛情みたいだ
その証拠に　漢字では「苺」と書くんだ
タマネギは逆に緑の葉っぱを抜《ぬ》くと
下から丸い太陽が現れてくる
家族でいえば　丸くてがっしりした
父さんのような白い太陽が——

ところで　中三の君はどんな太陽になる？
今はテニスで日焼けして真っ赤だけれど
もうじき若葉の青春入口
そうして　ぜひとも涼《すず》しい目もとで
熱い仕事を残せる
小さくてもいい　世の中の陽の一つに！

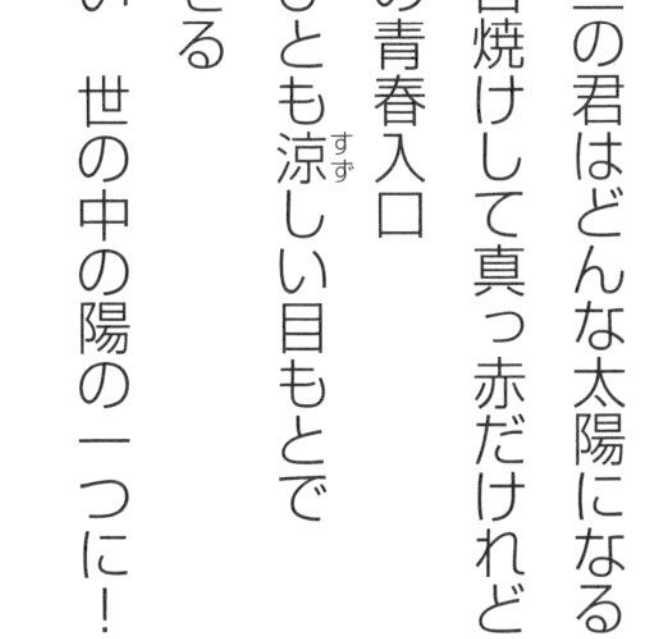

神さま

治《はる》ちゃん!
久しぶりに降りた駅前で
おばあさんに呼びとめられた
ハッとしてみると、母さんだ——
元々《もともと》小さいけど　今日は前かがみで
こどものように背が低い
東京・神島・四日市と勤め先を変える間に
母さんも苦労して……
　さあ、きょうはおイモの買い出しに行くからついてきて
と　先頭に立った敗戦直後ぐらいの面影《おもかげ》はなく
それでも　顔は突然《とつぜん》に会った喜びにはじけて
＊「たはむれに母を背負ひて」の歌を思い出したり、
まだ一人でいる自分が申しわけなかったり
それでも後《うし》ろ姿から光って見える神の糸にひかれるように
焼かれてから何度目かの仮の住まいに……

二年ほどしてそこで母さんは亡くなり
父さんは鎌倉《かまくら》の兄の家に移っていた
まだ四日市のぼくにも娘《むすめ》が生まれ
「子を持ってはじめて親の苦労が分かりました」
とハガキに書いたら　身体《からだ》全体で喜んでくれたのが返信で分かった
それから二度三度三重《みえ》の家を訪ねて孫とゴッツンコ——
その父さんが鎌倉に移ってからまとめた句集『礫《つぶて》』に
「泣くひまもなき妻あはれ夜濯《すすぎ》に」（三女知佐子《ちさこ》逝《ゆ》く）が、
幼女二人（ぼくらの顔も知らぬ姉）の死を悲しむ句もあって……
ぼくらには言わなかった生きる哀《かな》しみをこらえ続けた一生だった

もう神さまの列に加わっているお二人！

＊明治の歌人石川啄木の作、「そのあまり軽《かろ》きになきて三歩あゆまず」と続く。

国魂《くにたま》さん

急に外が燃えた、と思ったら
ドドォ～ン、バリバリと　すさまじい音
平たい机にしがみついたら
落っこったな、と母さんの声
まだまわりに火の粉が降っている感じ
生まれてはじめての落雷《らくらい》だった——
三年生の夏休み
昼から雨になって　トンボ捕《と》りやめて帰り
座敷《ざしき》で皆《みな》でかたまっていた

落ちたのは歩いて2分の宮《みや》さん
国魂神社の大きな杉《すぎ》の木
真っ先に兄が走って確かめてきて
ぼくはあくる日　恐る恐る行った
木の上半分が裂《さ》けてなくなっていた

セミがいっぱい鳴く境内《けいだい》の森の真ん中
神さんが自分とこで止めてくれたんや
と　本気で母さん言ってた
秋祭りには学校も休みで　一日二度も参りに行った
津市新町の産土《うぶすな》神社

何年か後《あと》には
今度はひとが落とした焼夷弾《しょういだん》が降り注《そそ》いで
建てて17年、父さん母さんが大事にしていた家も灰になった
焼けてからもローンの取り立てに来ていたりして……
それでも国魂さんの手前で火は止まった
正直、よかったなあとも言えなかったけど
こないだ久しぶりで参って
落ち葉やセミの抜け殻《がら》までなつかしかったぼくらの宮さん

高山《こうざん》さん

津市の真ん中のお城の中の高山さんには
やさしい叔母《おば》がお嫁《よめ》に行ってた
九十いくつまで神社のお世話をして
ぼくら兄弟みなそこで結婚式《けっこんしき》もあげたが
実は　そんなぼくにも人に言えない秘密があった
毎日のように拝殿《はいでん》の前を通って叔母さんらに声をかけていくのに
戦争終わった70年前の一年ほどしてからしばらく
神さまに頭を下げない日が続いた
——だって、神国《しんこく》日本は負けるはずない
　最後には神風《かみかぜ》が吹《ふ》いて必ず勝つ！
そう言われてこどもなりに頑張《がんば》ってきたのに
そうでもなかった、という記事が新聞に毎日出ていて
それじゃ、もう一切神さまを拝《おが》むまい、と内緒《ないしょ》で決めたのだ
叔父《おじ》さんにも叔母さんにも一言も言わぬまま

もちろん今は違《ちが》ってる
神社は　元《もと》々土地の人たちが
くらしの平安や幸せを願って建てて　盛り立てて来たんだ
サクラの花も　パッと咲いてパッと散るという
戦争につなげた考えを捨てきれない人が今もいるが
実は同じ三重の本居宣長《もとおりのりなが》のヤマザクラの歌も
うす赤い葉のかげから白い花が匂《にお》うように映える
そんな優雅《ゆうが》な風景を愛《め》でたものだという目からウロコの文章にも会い
やっぱり、不信心を叔母さんたちに白状しなくて良かったと思ったり
して……

高山さんは四百年余り前津の城下町を開いた藤堂高虎《とうどうたかとら》さんを祀《まつ》る
ぼくも年とって　その藩《はん》ゆかりの会の係をしていて
もうじき辞めるんだけど
叔母さんが空襲《くうしゅう》のあと焼けて涙したお城の能舞台《のうぶたい》など
もっと立派によみがえってからさよならしたいな　ほんとに——

ケヤキの回路

鈴《すず》鹿《か》の山から　冷たい清らかな風が吹《ふ》き降りる
団地の　ケヤキ通り
葉をすっかり落とした街路樹が
竹ぼうきを逆《さか》さまにした格好《かっこう》で
風の言うまま　空を下から掃除《そうじ》している
ときどきは　雑巾《ぞうきん》のように　埃《ほこり》をふき取り……
行く手は早春の陽《ひ》にやおらきらめく伊勢《いせ》の海
その先の神宮の豊かな森も茂《しげ》り続けて――
ここの丘《おか》から見下ろすと　枯《か》れたような
枝のふしぶしには小さな赤い芽が灯《とも》っていて
もうじき森から　海から

温かい風が吹き上がってくるのを待っているのがわかる
ケヤキ通りは季節の回路
バスの窓越しに　思わず首を突《つ》き出しそうになるぼく
神さまと春の息吹《いぶき》がとどくのはもうじきだ
それを待ちわびてる　ケヤキのいのちとぼく

あの頃

零点《れいてん》

旧制津中学校に入ったのが昭和《しょうわ》19年
口頭《こうとう》試問では
「サイパンが落ちたけど」と、心構《がま》えを聞かれ
机の地図で本土との距離《きょり》を測らされた

担任は理科の先生
科学は原点が大切というので
最初の授業は　理科室の秤《はかり》の針が
きちんと零《ゼロ》（0）を指しているかの確認

そういえば、最初に2や5から出発したら
答えはばらばらになる……
あの時、世の中は本当に零から出発していたのか？

いつもにこにこ平和な顔をしていた先生
あくる年
焼け跡《あと》での父の俳句が雑誌の巻頭《かんとう》に出た時にも
ぼくに声をかけてくれたあの先生
もちろん　ぼくもいい点でお返ししましたよ

火の玉

火の玉、って見たことある？
流れ星のように燃えながら落ちるんじゃなく
地面からじわっと湧《わ》いて空へ飛び出すんだ
六年生の時、弟と回覧板を回しに行って
橋のそばで振《ふ》り返ったら
近くのお屋敷《やしき》の木の間から
火のかたまりが浮《う》かび上がってきて
近くの松の木の枝に引っかかった
黄色い玉で、風に尻尾《しっぽ》がなびいていた
　古い武家《ぶけ》屋敷では死んだ人を庭に埋《う》めているところがあって
その脳なんかからにじみ出た黄色い燐《りん》がある日集まり

火が点《つ》いて空に上るんだって、
飛行機に乗ってる兄が教えてくれていた……
幽霊《ゆうれい》やお化《ば》けは恐かったけど、会ったことはなかった
ぼくにとっての火の玉は、妖怪《ようかい》1号だった

強い風が出て、火の玉は松の枝を抜《ぬ》け
東の電車のガードの上を、お寺の森の方へと飛んだ
それからは見たことがない
――あくる年の夏、町の上にいっぱい
爆弾《ばくだん》や焼夷《しょうい》弾《だん》が落ちて辺《あた》りは焼け野原になった
それで、火の玉や妖怪の出番は無くなったのかもね
何、証人《しょうにん》は？　って…
二つ違《ちが》いの弟が埼玉《さいたま》でまだ元気でおぼえているけどさ

サクラ

たった一本だったが　小さいころから見ていてくれた
庭の入口　便所の上に枝差し伸《の》べて
十歳《さい》になるかならないぼくをいつも迎《むか》えて……
向こうはトカゲが住む夾竹桃《きょうちくとう》とシュロの茂《しげ》み
急いで曲《ま》がると　花と果物の庭
入口はザクロとイチジク
奥《おく》のナシの木は幼稚園《ようちえん》のころ枯《か》れたが
フユウガキは縁側からも手を伸ばしたら取れた
（たまに降る雪も　ふるえながら中から見つめていて）

春には　まず　葉がちらちら出て
そのあと　うす赤い花がはずかしそうに開いた
　実はもう一本　すぐ花の咲く木があって
　学校や公園といっしょのソメイヨシノだったけど
……たった一本がヤマザクラで
その葉が女の子みたいでまた母さんみたいで
夏暗くなって帰って父さんに締《し》め出されたぼくと弟に
しんぼうしてね、声かけてくれていた
あのヤマザクラ——中二のとき家といっしょに焼けて
それでも　今でも目をとじると真《ま》っ先に出て
どう　元気？　と呼びかけてくれる
やさしい、昔のにおいのするぼくの木一本！

時差

70年前の昭和20年はいそがしい年
学校と病気の伯母《おば》のとこと我が家の三角形を歩き回って
手伝いや勉強をして（疲《つか》れて熱出したりしたが）
結局伯母の面倒を見に　家を人に貸して引っ越しをして
次の日曜日、父を手伝って防空壕《ぼうくうごう》を頑丈《がんじょう》にして
あくる朝爆弾《ばくだん》が隣《となり》にも落ちたけど
うちは弟のかすり傷だけで済《す》んだ
壕の修理が遅《おく》れていたら　残ったぼくらはいのちがなかった

逃《に》げ込んだお城の叔母《おば》の家も町も四日後にみな焼けて
ぼくらは山の向こうに疎開《そかい》
学校へは二時間近くの遠さで
疲《つか》れ切ってたぼくは二学期は半分ほど欠席（登校拒否《きょひ》みたいだが）
そして　八月十五日日本は負け、別の苦しい時代が始まったが
その少し後に特攻《とっこう》で出撃《しゅつげき》する予定だった兄は
二日の違《ちが》いでいのちを取りとめた
壕を直すのが一日遅れたらぼくら　死んでいた
そんな際《きわ》どい時差だった

誕生日

テーブルの上に六枚　家族の数
上に黄色いカボチャと白いジャガイモ五個ずつ
大麦入りのオジヤではなく
フスマの入ったぬかパンでもなく
焼け跡《あと》の畑で育った腹持ちのするご馳走《ちそう》
いただきます、で一斉《いっせい》に食べて
どう　おいしいやろ、の母さんの説明が終わらぬうちに
兄たちも弟も　ぼくもぺろっと食べて
ご馳走さんの声も次々《つぎつぎ》終わって
夕方の陽射《ひざ》しに明るい八畳一間《じょうひとま》

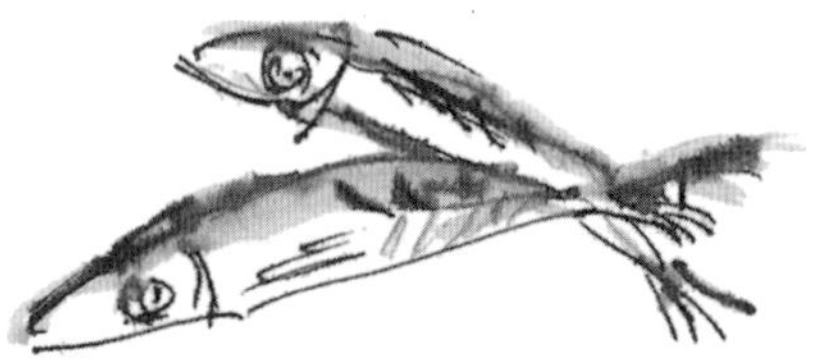

誰《だれ》も言ってはくれなかったけど
ぼくは、十五の誕生祝いと決めていた
市役所の臨時診療所《しんりょうじょ》で栄養不良と言われて
それでも、漁師町の小母《おば》さんから煮干《にぼし》しをもらって
せっせと焼いて食べさせてくれていた母さん
はじめカンテラの明りだったが
中三になってしばらくして電燈《でんとう》も点《つ》き
勉強も面白くなってきていた
ぼくにとっては我慢《がまん》の70年のちょっときらめき出した一年目

マテガイ

潮の引いた浅瀬《あさせ》の上をクワで削《けず》り取る
現れた卵型の穴にサジで塩を放り込む
すると、潮が差してきたと勘違《かんちが》いして
シュシュッととび出す細長いマテガイ
その根元をつかんで　ぐいと引き上げる
貝の勢いに合わせれば楽に取れるが
もぐり直そうとするのを無理に引き上げると
おいしい身が半分千切《ちぎ》れてしまう
何でも　タイミングが問題……

潮はどんどん引き

ぼくらの海の畑も増えていく
左手で塩を入れ　右手を穴の縁《ふち》で構《かま》える
成功、成功、失敗、成功　と
小さなバケツに黄色いマテガイがいっぱいたまる！
塩が無くなったら直接海の水を穴に注いで
貝を取り続けた
約二時間で　62匹、大成功
帰りは砂浜で弟と相撲《すもう》
何度もかかってくるので　その方が疲《つか》れた

夕方は母さんが吸い物に
ハマグリよりもおいしい　絶対！
腹空《す》かせっぱなしの
69年前春休み……

鉢《はち》割り

小雪の中　緑の
トクサの植え込みのこちら
真っ赤に焼けながら踏《ふ》ん張《ば》っている
小さなモミジ
パソコンの斜《なな》め向こう
古いストーブ一つの
わが城をあっためるようにも……

はじめは鉢植えだったのだという
環境《かんきょう》祭りで手に入れたそれを
冷える窓の外に置いていたところが

いつか枯《か》れて　じゃない
鉢の穴から根を伸《の》ばし
さらにマグマまで、は大袈裟《おおげさ》だが
根元の鉢を真《ま》っ二《ぷた》つに割り
住み着いて18年の今
青年のようにまだ葉を落とさないでいる
パソコン叩《たた》く力だけはまだある
81のぼくをはげますように！

鉢割りモミジ
手はまだ赤ちゃんのまま——

ミサイル

——ではない
雀脅《すずめおど》しでもない
60度の白い筒《つつ》から
噴《ふ》き出す銀河
エンドウのずらりと並んだ蝶《ちょう》ネクタイの向こう
25度を超《こ》える夏陽《なつび》のさなか
涼《すず》しく炎《も》える大根の花
太り太らせてきた身が
やっと役立ったというふうに
うす黄に日焼けして笑ってみえて
告白を始めたら止まらない　といった

いのちの過剰《かじょう》にとまどっている
恋《こい》の相手は誰《だれ》？
チョウ？　ハチ？
それとも　お日さま？
ほんとうは　その方に捧《ささ》げるために
太らせた脚

やっぱりこれで満足です、と
畑のすみの五本のダイコン
愛と実りを打ち出す
祈《いの》りのミサイル――

寒ツバキ

コブシをいっぱい振《ふ》り上げて
大地からオレンジの太陽の家族を発信していた
ツワブキの腕《うで》も疲《つか》れたのか　そり気味　うつむき気味
虫にも無視されてきた11月半ば
今度はぼくらの番だよ、
と　庭のすみの寒ツバキ
神さまの言いつけ通りじっとしていたのが
いつの間にか　縦や横に伸ばした腕のあちこちに
桃《もも》色の、ピンクの花をつけはじめた
クリスマスから正月にかけての愛の季節に庭を彩《いろど》るため？
玄関わきの　紅と白との乙女《おとめ》ツバキは

まだ　つぼみを硬《かた》くしたままだが
でも　大晦日《おおみそか》からお正月にかけて
きれいな着物姿で　ここでみなさんにごあいさつ
神さまのスケジュールは　このちいさな庭でも
ちっとも　ゆるみはなくって、お互《たが》いがんばるばかりです！

帽子《ぼうし》（chapeau《シャポー》）

玄関わきの　棒カシの小枝にとまった
８人きょうだいだったか　緑のからだの子どもたちが
燃える茶色の帽子をかぶって
三日ぶりの春風に　さわさわしている
先っぽがちょっと尖《とが》ってたりして
フランス語のシャポー（シャッポ）の感じ……

いのちの春だから
クスノキも　アカメガシワも萌《も》えるシャッポをかぶっていて
みんな空に届こうと　背伸《せの》びに懸命《けんめい》だ
母親のような大きなカシは　元々《もともと》葉が黄緑で

その上に肌《はだ》色のシャッポをかぶっていて、というか
頭の色が肌色なんで――なんて　毎日見ていると
頭とシャッポは　ほんとは一緒《いっしょ》かな、と思えてきて

そういえば　アカメガシワの帽子
工事場の真っ赤なコーンみたいなのが肩《かた》の下まで広がっていて
これはひょっとして、と思えて　そのあと
風と雨が五日も続いて、昨日はぼくがよそへ出ていて
今朝気がついたら　赤い葉は茶色に、黄緑に化けはじめていて
そうなんだ、って　ぼくはシャッポを脱《ぬ》ぎました

棒カシも　クスノキも　今にシャッポを脱いで
お母さんや仲間と背伸び競争をはじめます
ぼくが1枚1枚　服やシャツを脱ぐのに合わせて……

雪待ち

門の前の掃除《そうじ》を終えた母が
　今の内にきれいにしておかなくちゃ……
畑ではエンドウの花が咲《さ》き始めた
　と昨日祖母が言ってた
庭では　小一の時植えたぼくの花水木《はなみずき》が
いっぱい　白いこぶしを振《ふ》り上げている
もう春になったと勘違《かんちが》い？
でも　いやだ
一回は雪だるまを作りたい！
小四の弟が叫《さけ》んでいた
あと十日したら二月になるのに――

ところがゆうべは強い西風
雪起こしかな、父が空を見ながら会社に行った
早く帰れ　今晩にでも積もれ
ぼくの花水木の芽の上にもかぶされ
とけたらいっそう白い花が咲くように
こごえて　あとで伸《の》び伸びするように
中三のぼくにほんとの春が来るように

わざとストーブを点《つ》けないで
雪を待つぼく……

化け初める

いのちは　お化けだ
シンボルツリーのカシも
いくつもある手首を立てて
そこから　ひわひわの
茶色い指を
ゆらゆらさせて
ぼくらに春の
匂《にお》いを届けて……

花もお化けだ　もちろん
緑の葉っぱをうてな（萼）に変えて
そこにはだかのシンデレラを据《す》えて
どうぞ　と差し出す
君の若かった日のように
虫は目覚めてその匂いに群れ……

大災害のあと
今年も化け初めた
つらい自然の中
朽《く》ちるさなかのぼく
それでも祈《いの》る
悲しみの野から
いのちが無数に
萌《も》え初めるのを
汚泥《おでい》を分けて水仙《すいせん》が開いた
そのいじましさで
小さなマイホームの一本カシも
明日は　すっくと
緑の塔《とう》だ

もう少し

きのうは寝返り記念日
と、こうふんしているママ
そばで待ちきれない祖父・ぼく
手をかして　返した
うーん、と気張って
こちら向き
こぶしとくつ下で　ずり落ちた
たたみの海こいで
五センチ、十センチと近づいてくる
大みそか
歌合戦の声も聞かず

もうすこし、もうすこし　と
生きるとは前へ進むことだと
うなずいて　もうひとがんばりのぼく
もう少し！　ゴールのおんぶひもまで
いや二十一世紀へ
五ヶ月と　六十九歳《さい》

郵便屋さん

玉の汗《あせ》とはこのことだった　去年の夏
うちに手紙入れてくれた50がらみの郵便屋さん
通り過ぎたところでバイクを停めて
右腕《みぎうで》で　顔を拭《ぬぐ》っていた……
タオルを出すゆとりもなく　お昼前
これから局に帰るとしてもまだ15分
ご苦労さん、と声を掛《か》けたが　黒い顔にまだ真珠《しんじゅ》がいくつも

二、三日前にも　街の入口のクスノキのそばで水を飲んでいた
配られて当り前の手紙を猛暑日《もうしょび》も雪の日も配達して何十年
情報溢《あふ》れる世の中身体《からだ》でささえて　一千万人はいる世の偉人《いじん》の一人だが

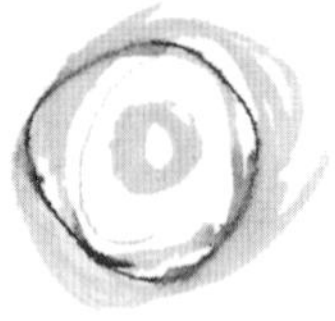

ひょっとしてその息子や娘《むすめ》は　もらった小遣《こづか》いで
あこがれる歌のグループのCDやチケット買って喜んでいる
彼らこそ現代の救世主、才能と力の持主と？
実は働く父親らが稼《かせ》ぐ金の一部で〝英雄〟は存在するのを
知らずに酔《よ》いしれるのを煽《あお》るように　夜にはテレビが囃《はや》し立て
缶《かん》ビール一つ明日のためでうたた寝をする「偉人」の枕元《まくらもと》――

　郵便屋さんおはようさん　手紙が落ちました
　拾ってあげましょ　一枚二ィ枚三枚四枚……

向こうの学童保育の子どもらの大なわ回しの歌声午後には響《ひび》く
その頃林のあちらの家並みを廻《まわ》るおじさんの心もいっとき癒《いや》して
振《ふ》り撒《ま》いた真珠の汗たち　喘《あえ》ぐ道端《みちばた》の緑も潤《うるお》していて　郵便屋さん！

下積み

五年生はほとんどテントの前で　というので早めに行った
準備手伝いの仕事を終えて駆《か》けつけた孫は
顔合わせるとニコッと笑った
ピラミッドの上は大変だろうな、と前に言っていた

二人組の逆立《さかだ》ちは無難《ぶなん》にこなした（背の割に重い方だが）
六人組の肩《かた》も　少しは揺《ゆ》れたが
そして　ピラミッド――

二年生の時　徒競走のことを言わなくなった
（一年は背の順の組で一位だったが）
練習で何等やった、聞いたら　知らん、と答えた

リレーの選手はもう決まっていて……
三年四年は相手次第でビリになりそうだったり
そして今年セパレートの2レーン
一生懸命走って　直線コースで誰《だれ》かに抜《ぬ》かれて
でも　しっかりあとは走りぬいて
結果は４等―けど　やったよと向こうでニコッと笑ってた

ピラミッド　まず膝《ひざ》ついた　砂地の上に
二の段がその上に乗る
そして最上段は　軽い女の子
手を広げ　下の段も顔前向けて
きまった　頑張《がんば》った！
人を乗せて　お前も……

晴れやかな下積み　の一人
また陽が顔出した

仲間たち

暑くて帽子《ぼうし》をかぶるように
さつまいものツルが伸びている
焼けてまっ赤な崖《がけ》の上
せめて葉っぱで飾《かざ》ろうと

凍《こご》えた冬は道のふち
青い希望が光ってた
イヌノフグリと変な名で
それでも地球を守ってた

空襲《くうしゅう》で壊《こわ》れた家の跡《あと》

母さんカボチャを作ってた
黄色い花が実になって
こどもが満腹するように

日照りも寒波もいくさでも
ヒトも野菜も助け合い
生き抜《ぬ》いてきた何世代
明日もいっしょに仲間たち

お休み

庭石のそばで白いセミ
仰《あお》向《む》けで手足ばたばたと
起き上がりたいの　もう一度
空飛びたいの　陽《ひ》を浴びて……

上向けようかと思ったが
お腹の針に気がついて
ひょっと卵を産んだあと
眠る草《くさ》陰《かげ》探してる？

とうに眠っていいはずの

ぼくがまだまだ君の分
動いて書いて孫の明日
心配しながら祈《いの》ってて……

木にしっかりと産み付けて
あとは自分で頑張《がんば》れと
もう目を閉じたメスのセミ
お休み　あとは時のまま……

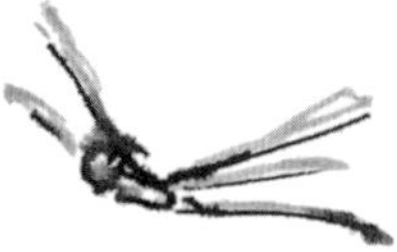

銀ヤンマ

銀ヤンマのオスが池の上を飛んでいる
エサをとるのか　水面《すいめん》すれすれ
奥のフジの房《ふさ》の下では　もぞもぞ
生まれて間もない赤い羽根のメス

ゆっくり虫追いながら真《ま》ん中まで出る
待ってました、とオスが追いかけ
ガチャガチャ　二匹《ひき》はもつれて水の上
起き上がれば　オスのしっぽの先がメスの首もと
ツルというつがいの誕生　堂々《どうどう》と

あたり飛び回り　チャンスが来れば
メスはしっぽの先オスの腹につけ
ホカケという形で受精をすませ

ヅルにもどると　二匹はゆっくり水面に降り
チョンチョンと少しずつ卵を産んで……
ＤＮＡをつなごうという銀ヤンマの知恵？
産めよ地に満てよ！　という神さまの意思？

池も田んぼもヤンマの舞《ぶ》台《たい》だった昔
朝から夕方まで追い続けていたぼく
ヤンマよーォ　ヤンマよーォ
取れれば指にはさんで　数を競った
あの日はもどらない？　ぼくにも里にも

ヤンマよーォ　ヤンマよーォ……

すみません

五年生になると
近くの池や田んぼで銀ヤンマを取るのにあきて
弟とこっそり橋を渡《わた》って
となりの地区の愛宕山《あたごやま》のふもとに行った
江戸時代の別荘《べっそう》が残る　その番犬に吠《ほ》えられて
あわてた弟がころんで　竹の切り株で
手首の静脈を切る大けがをした　その下あたり
樹の中から　ぎろっと目をむく
鬼《おに》ヤンマが飛び出したけど
どきはしない　背伸《せの》びしてもタモ振《ふ》り回しても
明日またおいでというように
二、三度旋回《せんかい》してから　林にもどった

でも　目の前の小さな川の　葉や草のかげには
細ぉい、あい色の糸トンボがいて
待っててくれたように　すぐ捕《つか》まって
でも　こわれてしまいそうで指にはさむと
一匹《ぴき》だけ（兄に見せるため）かごに入れ
あとは逃がした　水は冷たそうで……

その愛宕山　すっかり団地になって
街へ直通の道路もおととし出来た
――鬼ヤンマの子孫はどうなったのか
小川の植物もとっくに抜《ぬ》かれてしまっていて
――糸トンボが隠《かく》れるすきまもなさそう
すみません、という気持ちで　それでも
クルマでそこをとばしてきたぼく　気持ちは
昔のトンボ好きの子どものままだが……

ヒヨドリ

ざ、ざ、ざ、ざっ
と千両の茂《しげ》みが揺《ゆ》れて
ぞ、ぞ、ぞ、ぞっ　と
尻尾《しっぽ》から出てきた
草色のヒヨドリ
そばのガレージの柵《さく》に止まって
じっと　こちらを見ている
お正月すぎ

暮れには網《あみ》をかぶせていた
それを　おとつい

あるじがちょっとめくって
その隙間《すきま》から入って
赤い実をついばんだか
もう一匹《ぴき》　とびこんで
小枝をゆらせている

ありがとう！　とも言わずに
それでもにっこり？　うなずいて
飛んでいったヒヨドリ
また風が出て来たぞ——

ヤモリ

窓をしめようとしたら
トカゲの子がはさまってしまった
ガラス戸と網戸《あみど》の間に……
空《あ》き家《や》にしているので　これではかわいそうと
ガラス戸をずらしたが　きょとんとしていた
真夏の夕方
手にしたタオルでちょっとはねたら
ポトンと音がして
子どもが――見れば
四つ足でふんばってて　しっぽは短く
これがイモリ、じゃない　ヤモリだ

ずっと空き家のモリをしてくれてたのか
ほこりのたまった古いカーペットとなじむ
うす茶色のからだで

ついでだ　もう少し居てくれないか
と声かけて　部屋を出がけにふりかえったが
もう　どこにもいない
そら　そうだ
ここは　今は君の家だもの
かわいく　たよりになる
ヤモリ君

手を合わせて

手を合わせ出した　石段の前
二年生の元気なナッちゃん
そばで　弟のアッくんがもぐもぐ……

足元には　▽の黒い石二つ　と
垣《かき》からちぎったサザンカの小枝二本
道のふちは　まだじゅくじゅくで

何やら言っているよ　ほら
なまんだ、ごめんね、また遊ぼうよ
早く生き返ってほしい雪だるま！

——本当は　ともだちにからかわれて
きのう学校の帰りに　ぐしっと
自分で踏《ふ》んづけて　こわしてしまった

それで　あの子は泣いて　空にもどったのかな？

だから　今度は　祈《いの》るといいよ
西の山向いて　また雪運んでよ、って
じいちゃんにも今度は手伝わせてね、うん

あとがき

むかし『大きくなったら』で少年詩の世界に入れてもらった私が、三十五年目に、またジュニアポエムの世界に戻って来ました。戦後七十年という節目の年に、懐かしい両親や小動物たちと詩の中で再会し、矢も楯もたまらず作品をまとめようという気持ちになったのです。

空襲・敗戦に始まるこの間、私を支えてきたのは生きるのに必死だった人たちの姿であり、きっと神さんは見てなさるでな、という苦しい時の母の言葉でもありました。

それから三十年ほどして出会ったのが、辛さを乗りこえる子どもたちや、物言わないながら自分の生きる使命を成し遂げようとする野菜たち、小さないのちの存在でした。そして気がついたら孫も七十年前の私の年を越え、平和が続けばそれなりに夢を開花できるようになって来ました（ただし詩集の中の彼らは現実そのままの姿でもありませんが……。）

ただ、神さまの設計図通りにうまく事は進むのかな、と不安もなくはありません。小さな生き物たちがこれからどうなるかということも心配ですし、ヒトが一人一人気儘にやっていって世界は大丈夫かな、というのも気がかりです。けど、未来はこれからの者が決めていくことです。私にできるのは、それぞれが心の中の神さまの気持ちにそむかず、また皆が明るい、温かい太陽となって、生甲斐のある世の中にしていくことだと思っています。（なお、ここでいう神さまとは、いわばこの世を内から動かす自然の摂理のようなものと思ってください）

久しぶりにこの詩集をまとめることに、喜んで賛成してくださった西野社長をはじめ、柴崎様ら銀の鈴社の皆さまのご理解とご協力に心から感謝いたします。鎌倉市は、私の父がひとりになってから俳句を支えに十年近く過ごしたところで、これも一つのご縁だと思います。ありがとうございました。

盛り上がる若葉を窓のそとに見ながら

津坂　治男

詩・津坂　治男（つさか　はるお）

1931年　三重県に生まれる。三重県立医大中退、東洋大学国文科卒業
1976年　詩集『石の歌』で、第10回小熊秀雄賞受賞
1981年　『大きくなったら』（ジュニアポエムNo.5、銀の鈴社刊）で岩手県選定図書
1988年　『花が咲いたよ』、1997年『ちょっと失礼！』（少年詩賞）
2000年　『日本現代詩文庫　津坂治男詩集』（少年詩も収録）
2010年　『押すな押すな』（国際ペン東京大会2010記念出版）他、
　　　　少年詩集『安濃川』『新町小学校』を含め、詩集・評伝多数
現在、日本文藝家協会・日本現代詩人会等会員、みえ現代詩の会代表
　　　「まほろば」（21世紀創作歌曲の会）会員

絵・井上　良子（いのうえ　よしこ）

嵯峨美術大学油画卒業後、龍谷大学大学院修士課程修了。

油絵、銅版画、植物画、愛しの植物画会主宰。

こどもアトリエピュアランド・愛しの植物画主宰。

詩画集『太陽の指環』（ジュニアポエムNo.223、銀の鈴社刊）。

京阪園芸ガーデンセミナー・朝日カルチャーセンター講師。

木曜会、ポエムの森、ぎんなんを経て日本児童文学者協会、日本童謡協会、関西詩人協会会員。

NDC911
神奈川　銀の鈴社　2015
64頁　21cm（白い太陽）

ジュニアポエムシリーズ　251　　2015年8月1日初版発行
本体1,400円＋税

白い太陽

著　者　津坂治男©　絵・井上良子©
発行者　柴崎聡・西野真由美
編集発行　㈱銀の鈴社　TEL 0467-61-1930　FAX 0467-61-1931
〒248-0005　神奈川県鎌倉市雪ノ下3-8-33
http://www.ginsuzu.com
E-mail info@ginsuzu.com

ISBN978－4－87786－255－8　C8092
落丁・乱丁本はお取り替え致します
印刷　電算印刷
製本　渋谷文泉閣

…ジュニアポエムシリーズ…

1 鈴木敏史詩集 宮下琢郎・絵　星の美しい村　★☆
2 小池知子詩集 高志孝子・絵　おにわいっぱいぼくのなまえ　★☆
3 鶴岡千代子詩集 武田淑子・絵　白い虹　児文芸新人賞
4 楠木しげお詩集 久保雅勇・絵　カワウソの帽子
5 津坂治男詩集 垣内美穂・絵　大きくなったら　★◇
6 後藤れい子詩集 山本まつ子・絵　あくたれぼうずのかぞえうた
7 北村蔦子詩集 柿本幸造・絵　あかちんらくがき
8 吉田瑞穂詩集 吉田翠・絵　しおまねきと少年　◇⃞★◎
9 新川和江詩集 葉祥明・絵　野のまつり　★☆
10 阪田寛夫詩集 織茂恭子・絵　夕方のにおい　◆⃞★☆○
11 高田敏子詩集 若山憲・絵　枯れ葉と星　★☆
12 原田直友詩集 吉田翠・絵　スイッチョの歌　★◎
13 小林純一詩集 久保雅勇・絵　茂作じいさん　◉★☆●◎
14 谷川俊太郎詩集 長新太・絵　地球へのピクニック　★◎
15 与田準一詩集 深沢省三・深沢紅子・絵　ゆめみることば　★
16 岸田衿子詩集 中谷千代子・絵　だれもいそがない村
17 江間章子詩集 榊原直美・絵　水と風　◇◎
18 原田直友詩集 小野まり・絵　虹―村の風景―　★
19 福田正夫詩集 福田達夫・絵　星の輝く海　★☆
20 草野心平詩集 長野ヒデ子・絵　げんげと蛙　★☆○◇
21 宮田滋子詩集 青木まさる・絵　手紙のおうち　☆○
22 久保田昭三詩集 斎藤彬子・絵　のはらでさきたい
23 鶴岡千代子詩集 加倉井和夫・武田淑子・絵　白いクジャク　★●
24 尾上尚子詩集 まど・みちお・絵　そらいろのビー玉　★☆児文協新人賞
25 水上紅詩集 深沢紅子・絵　私のすばる　☆
26 野呂昶詩集 福島一二三・絵　おとのかだん　★
27 こやま峰子詩集 武田淑子・絵　さんかくじょうぎ　☆
28 青戸かいち詩集 駒宮録郎・絵　ぞうの子だって
29 まきたかし詩集 福田達夫・絵　いつか君の花咲くとき　★☆♡
30 薩摩忠詩集 駒宮録郎・絵　まっかな秋　★☆♡
31 新川和江詩集 福島一二三・絵　ヤァ！ヤナギの木　★☆○♡
32 井上靖詩集 駒宮録郎・絵　シリア沙漠の少年　★☆♡
33 古村徹三 詩・絵　笑いの神さま
34 江上波夫詩集 青空風太郎・絵　ミスター人類　○☆
35 秋原秀夫詩集 鈴木義治・絵　風の記憶　★◎
36 水村三千夫詩集 武田淑子・絵　鳩を飛ばす
37 久冨純江詩集 渡辺安芸夫・絵　風車　クッキングポエム
38 日野生三詩集 吉野晃希男・絵　雲のスフィンクス　★
39 佐藤雅子詩集 佐藤太清・広瀬きよみ・絵　五月の風　★
40 小黒恵子詩集 武田淑子・絵　モンキーパズル　★
41 木村信子詩集 山本典子・絵　でていった
42 中野栄子詩集 吉田翠・絵　風のうた　☆
43 宮田滋子詩集 牧村慶子・絵　絵をかく夕日　★
44 大久保テイ子詩集 渡辺安芸夫・絵　はたけの詩　★☆
45 秋原秀夫詩集 赤星亮衛・絵　ちいさなともだち　♥

☆日本図書館協会選定
★全国学校図書館協議会選定（SLA）
□少年詩賞　■茨城県すいせん図書
○厚生省中央児童福祉審議会すいせん図書
●日本童謡賞　♧岡山県選定図書
♡日本子どもの本研究会選定
♥秋田県選定図書
♣愛媛県教育会すいせん図書
◇岩手県選定図書
◆京都府選定図書
◇⃞芸術選奨文部大臣賞
◉赤い鳥文学賞　◆⃞赤い靴賞

…ジュニアポエムシリーズ…

- 46 日友靖子詩集 藤城清治・安西明美・絵 猫曜日だから ◆☆
- 47 秋葉てる代詩集 武田淑子・絵 ハープムーンの夜に ♡
- 48 こやま峰子詩集 山本省三・絵 はじめのいーっぽ ★♡
- 49 黒柳啓子詩集 金子滋・絵 砂かけ狐 ♡
- 50 三枝ますみ詩集 武田淑子・絵 ピカソの絵 ☆♡●
- 51 夢虹二詩集 武田淑子・絵 とんぼの中にぼくがいる ○♡♥
- 52 はたちよしこ詩集 まど・みちお・絵 レモンの車輪 □♧
- 53 大岡信詩集 葉祥明・絵 朝の頌歌 ★☆♥♡◎
- 54 吉田瑞穂詩集 吉田翠・絵 オホーツク海の月 ★☆♡
- 55 さとう恭子詩集 村上保・絵 銀のしぶき ★☆♡
- 56 星乃ミミナ詩集 葉祥明・絵 星空の旅人 ★☆♡
- 57 葉祥明 詩・絵 ありがとう そよ風 ★♡▲
- 58 青戸かいち詩集 初山滋・絵 双葉と風
- 59 小野ルミ詩集 和田誠・絵 ゆきふるるん ★☆●♡
- 60 なぐもはるき 詩・絵 たったひとりの読者 ★♡♧
- 61 小関秀夫詩集 小倉玲子・絵 風《かざ》栞《しおり》 ★♡♥
- 62 海沼松世詩集 守下さおり・絵 かげろうのなか ☆♡
- 63 山本龍生詩集 小倉玲子・絵 春行き一番列車 ♡
- 64 小泉周二詩集 深沢省三・絵 こもりうた ★☆♡
- 65 かわてせいぞう詩集 若山憲・絵 野原のなかで ★♡♥
- 66 えぐちまき詩集 赤星亮衛・絵 ぞうのかばん ◆♡♥
- 67 池田あきつ詩集 小倉玲子・絵 天気雨 ♡
- 68 藤井則行詩集 君島美知子・絵 友へ ♡♤
- 69 藤哲生詩集 武田淑子・絵 秋いっぱい ★♠
- 70 日友靖子詩集 深沢紅子・絵 花天使を見ましたか ★
- 71 吉田瑞穂詩集 吉田翠・絵 はるおのかきの木 ★
- 72 小島禄琅詩集 中村陽子・絵 海を越えた蝶 ★☆♡♥
- 73 にしおまさこ詩集 杉田幸子・絵 あひるの子 ★
- 74 山下竹二詩集 徳田徳志芸・絵 レモンの木 ★
- 75 高崎乃理子詩集 奥山英俊・絵 おかあさんの庭 ★♡
- 76 檜きみこ詩集 広瀬弦・絵 しっぽいっぽん ●★☆□♡
- 77 たかはしけいこ詩集 高田三郎・絵 おかあさんのにおい ♡♣□
- 78 星乃ミミナ詩集 深澤邦朗・絵 花かんむり ☆♥♡
- 79 佐藤照雄詩集 津波信久・絵 沖縄 風と少年 ☆♡★
- 80 相馬梅子詩集 やなせたかし・絵 真珠のように ♥★
- 81 小島禄琅詩集 深沢紅子・絵 地球がすきだ ★
- 82 鈴木美智子詩集 黒澤梧郎・絵 龍のとぶ村 ◇★♥
- 83 いがらしれいこ詩集 高田三郎・絵 小さなてのひら ☆
- 84 宮入黎子詩集 小倉玲子・絵 春のトランペット ☆★
- 85 下田喜久美詩集 方振寧・絵 ルビーの空気をすいました ☆
- 86 野呂昶詩集 方振寧・絵 銀の矢ふれふれ ★
- 87 ちよはらまちこ詩集 ちよはらまちこ・絵 パリパリサラダ ★
- 88 秋原秀夫詩集 徳田徳志芸・絵 地球のうた ☆★
- 89 中島あやこ詩集 井上緑・絵 もうひとつの部屋 ★
- 90 藤川こうのすけ詩集 葉祥明・絵 こころインデックス ☆

✻サトウハチロー賞　✣毎日童謡賞
☼三木露風賞
♤福井県すいせん図書
▲神奈川県児童福祉審議会推薦優良図書
♠奈良県教育研究会すいせん図書
♧北海道選定図書　☘三越左千夫少年詩賞
◈静岡県すいせん図書
◎学校図書館図書整備協会選定図書（SLBA）

…ジュニアポエムシリーズ…

91 新井 和詩集／高田 三郎・絵　おばあちゃんの手紙　☆★
92 はなわたえこ詩集／えばとかつこ・絵　みずたまりのへんじ　★●
93 柏木恵美子詩集／武田 淑子・絵　花のなかの先生　☆
94 中原千津子詩集／寺内 直美・絵　鳩への手紙　★
95 髙瀬美代子詩集／小倉 玲子・絵　仲なおり　★
96 杉本深由起詩集／若山 憲・絵　トマトのきぶん　☆★◎ 児文芸新人賞
97 宍倉さとし詩集／守下さおり・絵　海は青いとはかぎらない　♧
98 石井 英行詩集／有賀 忍・絵　おじいちゃんの友だち　■
99 なかのひろ詩集／アサト・シェラ・絵　とうさんのラブレター　☆★
100 小松 静江詩集／藤川 秀之・絵　古自転車のバットマン
101 石原 一輝詩集／加藤 真夢・絵　空になりたい　☆✣★
102 小泉 周二詩集／西 真里子・絵　誕生日の朝　☆■★
103 くすのきしげのり童謡／わたなべあきお・絵　いちにのさんかんび　☆★
104 成本 和子詩集／小倉 玲子・絵　生まれておいで　☆★✣♡♧
105 伊藤 政弘詩集／小倉 玲子・絵　心のかたちをした化石　★

106 川崎 洋子詩集／井戸 妙子・絵　ハンカチの木　□★☆
107 柘植 愛子詩集／油野 誠一・絵　はずかしがりやのコジュケイ　✣
108 新谷智恵子詩集／葉 祥明・絵　風をください　☆◈☼●♡✚
109 金親 尚子詩集／牧 進・絵　あたたかな大地　☆
110 黒柳 啓子詩集／吉田 翠・絵　父ちゃんの足音　☆★♡□
111 富田 栄子詩集／油野 誠一・絵　にんじん笛　♡☆
112 原 国子詩集／高畠 純・絵　ゆうべのうちに　☆
113 宇部 京子詩集／スズキコージ・絵　よいお天気の日に　○□●☆◇★
114 武鹿 悦子詩集／牧野 鈴子・絵　お花見　☆□
115 山本なおこ詩集／梅田 俊作・絵　さりさりと雪の降る日　☆★
116 小林比呂古詩集／おおた慶文・絵　ねこのみち　☆
117 後藤れい子詩集／渡辺あきお・絵　どろんこアイスクリーム　☆
118 重清 良吉詩集／高田 三郎・絵　草の上　☆□✤◆★
119 宮中 雲子詩集／西 真里子・絵　どんな音がするでしょか　✻★
120 前山 敬子詩集／若山 憲・絵　のんびりくらげ　☆★

121 川端 律子詩集／若山 憲・絵　地球の星の上で　♡
122 たかはしけいこ詩集／織茂 恭子・絵　とうちゃん　♡✤♣★
123 宮田 滋子詩集／深澤 邦朗・絵　星の家族　☆●
124 国沢たまき詩集／唐沢 静・絵　新しい空がある
125 池田あきつ詩集／小倉 玲子・絵　かえるの国　★
126 黒田 恵子詩集／倉島千賀子・絵　ボクのすきなおばあちゃん　☆★♡
127 垣内 磯子詩集／宮崎 照代・絵　よなかのしまうまバス　☆♡★
128 小泉 周二詩集／佐藤 平八・絵　太陽へ　✤★●☆♡
129 中島 和子詩集／秋里 信子・絵　青い地球としゃぼんだま　☆★
130 のろさかん詩集／福島一二三・絵　天のたて琴　☆
131 加藤 丈夫詩集／葉 祥明・絵　ただ今 受信中　☆★
132 北原 悠子詩集／深沢 紅子・絵　あなたがいるから　♡
133 池田もと子詩集／小倉 玲子・絵　おんぷになって　♡
134 鈴木 初江詩集／吉田 翠・絵　はねだしの百合　★
135 垣内 磯子詩集／今井 俊・絵　かなしいときには　★

△長野県教育委員会すいせん図書　✡(財)日本動物愛護協会推薦図書
◈茨城県推奨図書

…ジュニアポエムシリーズ…

136 秋葉てる代詩集 やなせたかし・絵 おかしのすきな魔法使い ●★
137 青戸かいち詩集 永田萠・絵 小さなさようなら ⊛★
138 柏木恵美子詩集 高田三郎・絵 雨のシロホン ♡★
139 藤井則行詩集 阿見みどり・絵 春だから ♡★◎
140 黒田勲子詩集 山中冬二・絵 いのちのみちを
141 南郷芳明詩集 的場豊子・絵 花時計
142 やなせたかし 詩・絵 生きているってふしぎだな
143 内田麟太郎詩集 斎藤隆夫・絵 うみがわらっている
144 しまざきふみ詩集 島崎奈緒・絵 こねこのゆめ ♡
145 糸永えつこ詩集 武井武雄・絵 ふしぎの部屋から ♡
146 石坂きみこ詩集 鈴木英二・絵 風の中へ ♡
147 坂本のこ詩集 坂本こう・絵 ぼくの居場所 ♡
148 島村木綿子 詩・絵 森のたまご ⊛
149 楠木しげお詩集 わたせせいぞう・絵 まみちゃんのネコ ★
150 牛尾良子詩集 上矢津・絵 おかあさんの気持ち ♡

151 三越左千夫詩集 阿見みどり・絵 せかいでいちばん大きなかがみ ★
152 水村三千夫詩集 高見八重子・絵 月と子ねずみ
153 川越文子詩集 横松桃子・絵 ぼくの一歩ふしぎだね ★
154 すずきゆかり詩集 葉祥明・絵 まっすぐ空へ
155 西田純詩集 葉祥明・絵 木の声水の声
156 清野倭文子詩集 水科舞・絵 ちいさな秘《ひ》密《みつ》
157 川奈静詩集 直江みちる・絵 浜ひるがおはパラボラアンテナ ★◎
158 若木良水詩集 西真里子・絵 光と風の中で
159 牧陽子詩集 渡辺あきお・絵 ねこの詩 ★◎
160 宮田滋子詩集 阿見みどり・絵 愛一輪 ★◎
161 井上灯美子詩集 唐沢静・絵 ことばのくさり ☆●
162 滝波万理子詩集 滝波裕子・絵 みんな王《おう》様《さま》 ★●
163 冨岡みち詩集 関口コオ・絵 かぞえられへんせんぞさん ★
164 垣内磯子詩集 辻恵子・切り絵 緑色のライオン ★◎
165 すぎもとれいこ詩集 平井辰夫・絵 ちょっといいことあったとき ★

166 岡田喜代子詩集 おぐらひろかず・絵 千年の音 ★☆◎
167 川奈静詩集 直江みちる・絵 ひもの屋さんの空 ★◎☆♥♡
168 鶴岡千代子詩集 武田淑子・絵 白い花火 ★☆
169 井上灯美子詩集 唐沢静・絵 ちいさい空をノックノック ★◎☆
170 尾崎杏子詩集 ひなた山すじゅう郎・絵 海辺のほいくえん ☆♡★◎
171 柘植愛子詩集 やなせたかし・絵 たんぽぽ線路 ☆♡★◎●
172 小林比呂古詩集 うめざわのりお・絵 横須賀スケッチ ☆★◎♡▲
173 林佐知子詩集 串田敦子・絵 きょうという日 ☆★◎♡▲
174 後藤基宗子詩集 岡澤由紀子・絵 風とあくしゅ ☆♥★◎♡
175 土屋律子詩集 高瀬のぶえ・絵 るすばんカレー ☆♡★◎▲
176 三輪アイ子詩集 深沢邦朗・絵 かたぐるましてよ ★☆♡
177 田辺瑞美子詩集 西真里子・絵 地球賛歌 ☆★◎
178 高瀬美代子詩集 小倉玲子・絵 オカリナを吹く少女 ☆♡
179 中野惠子詩集 串田敦子・絵 コロポックルでておいで ★♡☆●
180 松井節子詩集 阿見みどり・絵 風が遊びにきている ★☆♡▲

…ジュニアポエムシリーズ…

181 新谷智恵子詩集 徳田徳志芸・絵 とびたいペンギン 佐世保文学賞 ♡★◎▲
182 牛尾良子詩集 牛尾征治・写真 庭のおしゃべり ♡★◎
183 三枝ますみ詩集 高見八重子・絵 サバンナの子守歌 ☆★
184 佐藤雅子詩集 佐藤太清 菊池治子・絵 空の牧《まき》場《ば》 ☆★♡■◎◈
185 山内弘子詩集 おぐらひろかず・絵 思い出のポケット ♡★●
186 山内弘子詩集 阿見みどり・絵 花の旅人 ♡★▲
187 原国子詩集 牧野鈴子・絵 小鳥のしらせ ♡★△◎
188 人見敬子 詩・絵 方《はこ》舟《ぶね》地球号 —いのちは元気— ♡★◎
189 林佐知子詩集 串田敦子・絵 天にまっすぐ ★☆♡◎
190 小臣富子詩集 渡辺あきお・絵 わんさかわんさかどうぶつさん ✡♡★◎
191 川越文子詩集 かまだちえみ・写真 もうすぐだからね ♡★◎
192 永田喜久男詩集 武田淑子・絵 はんぶんごっこ ☆★◎♡
193 吉田房子詩集 大和田明代・絵 大地はすごい ★◎♡
194 石井春香詩集 高見八重子・絵 人魚の祈り ★♡
195 石原一輝詩集 小倉玲子・絵 雲のひるね ♡

196 たかはしけいこ詩集 髙橋敏彦・絵 そのあと ひとは ★
197 宮田滋子詩集 おおた慶文・絵 風がふく日のお星さま ★♡◎
198 渡辺恵美子詩集 つるみゆき・絵 空をひとりじめ ★♡●
199 宮中雲子詩集 西真里子・絵 手と手のうた ★
200 杉本深由起詩集 太田大八・絵 漢字のかんじ ★♡❀
201 井上灯美子詩集 唐沢静・絵 心の窓が目だったら ★♡
202 峰松晶子詩集 おおた慶文・絵 きばなコスモスの道 ★♡
203 高橋文子詩集 山中桃子・絵 八丈太鼓 ★♡
204 長野貴子詩集 武田淑子・絵 星座の散歩 ★♡
205 江口正子詩集 高見八重子・絵 水の勇気 ♡☆★
206 藤本美智子 詩・絵 緑のふんすい ☆♡★
207 林佐知子詩集 串田敦子・絵 春はどどど ♡★◎
208 小関秀夫詩集 阿見みどり・絵 風のほとり ☆♡★
209 宗美津子詩集 宗信寛・絵 きたのもりのシマフクロウ ♡★
210 かわてせいぞう詩集 髙橋敏彦・絵 流れのある風景 ☆♡★

211 土屋律子詩集 高瀬のぶえ・絵 ただいまぁ ★♡☆◎
212 永田喜久男詩集 武田淑子・絵 かえっておいで ☆♡★
213 みたみちこ詩集 牧進・絵 いのちの色 ♡★
214 糸永えつこ詩集 糸永わかこ・絵 母です 息子です おかまいなく ♡☆★
215 宮田滋子詩集 武田淑子・絵 さくらが走る ♡☆★●
216 柏木恵美子詩集 吉野晃希男・絵 ひとりぼっちの子クジラ ♡★◎
217 江口正子詩集 髙見八重子・絵 小さな勇気 ♡☆★
218 井上灯美子詩集 唐沢静・絵 いろのエンゼル ★♡
219 中島あやこ詩集 日向山寿十郎・絵 駅伝競走 ★☆♡
220 高橋孝治詩集 髙見八重子・絵 空の道 心の道 ★♡
221 江口正子詩集 日向山寿十郎・絵 勇気の子 ♡☆★
222 宮田滋子詩集 牧野鈴子・絵 白鳥よ ☆★
223 井上良子詩集 銅版画 太陽の指環 ★
224 川越文子詩集 山中桃子・絵 魔法のことば ♡☆★
225 西本みさこ詩集 上司かのん・絵 いつもいっしょ ☆♡

…ジュニアポエムシリーズ…

＊刊行の順番はシリーズ番号と異なる場合があります。

ジュニアポエムシリーズは、子どもにもわかる言葉で真実の世界をうたう個人詩集のシリーズです。

本シリーズからは、毎回多くの作品が教科書等の掲載詩に選ばれており、1974年以来、全国の小・中学校の図書館や公共図書館等で、長く、広く、読み継がれています。

心を育むポエムの世界。

一人でも多くの子どもや大人に豊かなポエムの世界が届くよう、ジュニアポエムシリーズはこれからも小さな灯をともし続けて参ります。

銀の小箱シリーズ

- 葉 祥明 詩・絵　小さな庭
- 若山 憲 詩・絵　白い煙突
- こばやしひろこ・詩　うめざわのりお・絵　みんななかよし
- 江口 正子・詩　油野 誠一・絵　みてみたい
- やなせたかし 詩・絵　あこがれよなかよくしよう
- 冨岡 みち・詩　関口 コオ・絵　ないしょやで
- 小林比呂古・詩　神谷 健雄・絵　花かたみ
- 小泉 周二・詩　辻 友紀子・絵　誕生日・おめでとう
- 柏原 耿子・詩　阿見みどり・絵　アハハ・ウフフ・オホホ★♡▲
- こばやしひろこ・詩　うめざわのりお・絵　ジャムパンみたいなお月さま★

すずのねえほん

- たかはしけいこ・詩　中釜浩一郎・絵　わたし★◎
- 尾上 尚子・詩　小倉 玲子・絵　ぽわぽわん
- 糸永えつこ・詩　高見八重子・絵　はる なつ あき ふゆ もうひとつ★ 児文芸新人賞
- 山口 敦子・詩　高橋 宏幸・絵　ばあばとあそぼう
- あらい・まさはる・童謡　しのはらはれみ・絵　けさいちばんのおはようさん
- 佐藤 雅子・詩　佐藤 太清・絵　こもりうたのように● 美しい日本の12ヵ月 日本童謡賞
- 柏木 隆雄・詩　やなせたかし他・絵　かんさつ日記★♡

アンソロジー

- 渡辺 浦人・編　村上 保・絵　赤い鳥 青い鳥●
- わたげの会・編　渡辺あきお・絵　花ひらく★
- 木曜会・編　西 真里子・絵　いまも星はでている★
- 木曜会・編　西 真里子・絵　いったりきたり♡
- 木曜会・編　西 真里子・絵　宇宙からのメッセージ
- 木曜会・編　西 真里子・絵　地球のキャッチボール★◎
- 木曜会・編　西 真里子・絵　おにぎりとんがった☆★◎
- 木曜会・編　西 真里子・絵　みぃーつけた♡★◎
- 木曜会・編　西 真里子・絵　ドキドキがとまらない
- 木曜会・編　西 真里子・絵　神さまのお通り★
- 木曜会・編　西 真里子・絵　公園の日だまりで★♡